AF296503

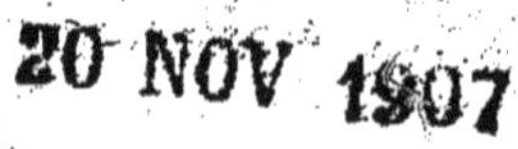

LES CÉLÉBRITÉS D'AUJOURD'HUI

J.-H. Rosny

PAR

GEORGES CASELLA

BIOGRAPHIE CRITIQUE
ILLUSTRÉE D'UN PORTRAIT-FRONTISPICE
ET D'UN AUTOGRAPHE
SUIVIE D'OPINIONS ET D'UNE BIBLIOGRAPHIE

PARIS

BIBLIOTHÈQUE INTERNATIONALE D'ÉDITION

E. SANSOT & Cⁱᵉ

7, RUE DE L'EPERON, 7

1907

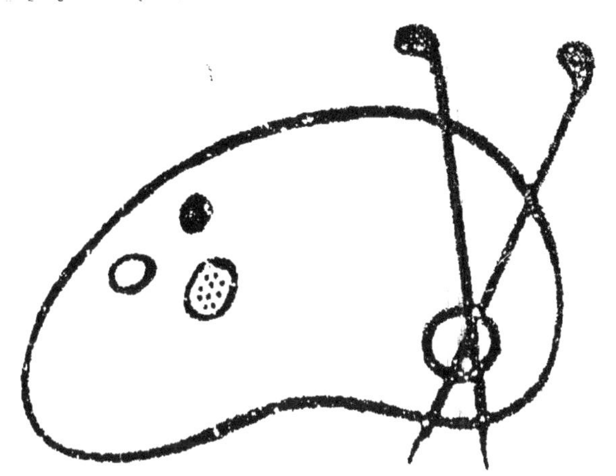

Fin d'une série de documents
en couleur

JOSEPH-HENRY ROSNY

JUSTIN ROSNY

J.-H. Rosny

PAR

GEORGES CASELLA

BIOGRAPHIE CRITIQUE
ILLUSTRÉE D'UN PORTRAIT-FRONTISPICE
ET D'UN AUTOGRAPHE
SUIVIE D'OPINIONS ET D'UNE BIBLIOGRAPHIE

PARIS

BIBLIOTHÈQUE INTERNATIONALE D'ÉDITION

E. SANSOT & Cie

7, RUE DE L'EPERON, 7

1907

J.-H. ROSNY

A Fernand Gregh.

I

L' « Ecrivain »

ON connaît mieux l'aîné. Il a ce visage étrange que les gravures slaves prêtent au Christ orthodoxe. Il est presque chauve, encore que ses cheveux bruns semblent seulement former une noble couronne à un front prodigieux. Il parle avec lenteur, les paupières à demi closes, en balançant sa main droite, et d'une voix chantonnante, un peu monotone. A l'écouter, vous serez surpris de sa science. Il n'ignore rien. Le moindre fait est prétexte à dissertations, et il conclut vite par des vérités inattendues qui ont la forme d'extraordinaires paradoxes.

Je ne connais pas, écrit Albert Besnard (1), au physique, d'homme plus intéressant à observer que J.-H. Rosny

(1) *La Grande France*, Enquête sur J.-H. Rosny.

(l'aîné). Ce fut chez notre ami commun Frantz Jourdain que je le rencontrai, il y a vingt ans. Mais c'est à un dîner mensuel, « le bon cosaque », tombé en désuétude comme tant d'autres, où l'ennui prend peu à peu la place des convives, que je fis réellement la connaissance de cet homme original et étrange qui parlait comme on prononce des sentences et dont les idées, émises de cette façon, provoquaient toujours quelque tumulte parmi les dîneurs…

… Je le vois toujours avec ce visage pâle dont les cheveux et la barbe se disputaient le masque, seule partie visible de son personnage que pût évoquer la lueur des bougies. Tout le reste, barbe, cheveux, habits, s'allait perdre dans l'ombre de la pièce. Il ressemblait assez ainsi à ces têtes que Vallotton dessine en deux plans : lumière et ombre : « Black and White. »

Son frère présente avec lui un saisissant contraste. D'allure militaire, il a la parole sonore et haute et le geste sec. L'impériale qu'il porte, large et touffue, sous la lèvre inférieure, aide à cet aspect fugitif de dureté.

Ils ont, l'un et l'autre, le souci d'une personnalité *unique*. Leurs prénoms respectifs ont les mêmes initiales J.-H., si bien qu'ils auraient le droit de signer individuellement d'un nom célèbre des œuvres où il est impossible de distinguer la part que chacun y apporta. Ils affirment que cette part est égale et l'on prétend qu'ils ont pareil esprit et pareil savoir.

Les Rosny naquirent : l'aîné en 1856, le second en 1859, d'une famille française, hollandaise, belge et espagnole. Ces atavismes différents, leurs instincts de curiosité, un âpre amour de la lutte — les Rosny sont d'une rare vigueur musculaire

— le désir de fouiller les milieux rares ou sauvages, cette hantise de la préhistoire et jusqu'à la domination qu'exercent sur eux les problèmes scientifiques les plus complexes, devaient les pousser plutôt vers quelque monde inexploré que dans la calme carrière des lettres. Nul doute qu'ils eussent quitté l'Europe s'il y avait eu une Amérique de langue française.

L'exode commença d'ailleurs par la transplantation de l'aîné à Londres, cette ville titanesque, effarante, que peu d'étrangers et moins encore d'Anglais connaissent dans ses profondeurs et que le jeune homme parcourut avec toute la passion que suscite une contrée neuve. Il pénétra dans les bouges à matelots et les repaires de White-Chapel, il connut les caves sordides où combattent les coqs, le formidable Wapping que les policemen redoutent, et les rues tortueuses où la luxure des gueux s'étale, farouche et repoussante. Cette manie « pérégrinatrice », les Rosny la rapportèrent à Paris qu'ils fouillèrent pendant les premières années de leur séjour avec une avidité bizarre, frôlant le monde des ouvriers et celui des rôdeurs. Les notes récoltées, et qui servirent en partie à *Nell Horn* et au *Bilatéral,* suffisent à une existence d'écrivain.

C'est à la suite de telles courses, après de longues flâneries, que les Rosny purent utiliser une documentation dont l'exactitude nous étonne. Hâtifs à comprendre, à *enregistrer* un paysage, avec ses détails, son harmonie et ses couleurs, ils surent trouver pour les décrire, des termes hardis et neufs. Là où Zola, gêné par le désir d'être précis et par les notes prises au cours d'une documentation occasionnelle, devenait lourd et impersonnel, les Rosny restent des évocateurs originaux, à la façon des peintres qui voient les choses sous un angle particulier et dans une lumière spéciale.

*
* *

Les frères J.-H. Rosny se nomment en réalité Boex. Un procès retentissant révéla ce nom au public. Un orientaliste, M. Léon Prunol de Rosny, reprocha aux romanciers d'avoir pris son nom pour pseudonyme. Il prétendit que des confusions regrettables se produisaient et que sa célébrité s'en trouvait amoindrie, voire retardée. N'était-ce pas affirmer que l'œuvre des frères Boex était d'une si mince importance qu'aux yeux des gens qui eussent pu l'attribuer à M. Léon Prunol de Rosny, ce dernier se sentait diminué ? On se souvient de l'indignation qu'une telle plainte souleva dans le monde des lettres : Lucien Descaves écrivit un article (1) ému et violent où il rappelait la carrière brillante des auteurs de *Vamireh*. MM. Marius-Ary Leblond publièrent dans la *Grande France* une

(1) *Journal*, 1903.

enquête sur les Rosny à laquelle M. Camille Lemonnier répondit :

Il me plaît de saluer la beauté de telles existences dans un moment où on imagina d'y attenter par une revendication tracassière et ridicule. Il paraissait naturel à tout le monde que le nom que s'étaient choisi ces héros et dont ils avaient illustré la littérature, leur donnait le droit de s'être fait à eux-mêmes, en dehors de toute ancestralité, une famille spirituelle qui ne doit à personne ses armoiries et ses trophées.

Dans une lettre versée aux débats, Léon Tolstoï écrivait à peu près à M. Léon de Rosny : « N'êtes-vous point l'un des frères Rosny, les auteurs du *Bilatéral* ? Si oui, mon estime se changerait en admiration ». L'orientaliste se faisait un argument de ces phrases.

Le tribunal donna raison aux frères Rosny. M. Prunol de Rosny porta la discussion devant la Cour d'Appel de Paris. La première Chambre de la Cour confirma l'arrêt précédent.

Considérant que L. Prunol de Rosny signe ses ouvrages de savant ethnographe, sinologue et orientaliste, Léon de Rosny, et que les frères Boex signent J.-H. Rosny ;

Considérant que le premier a assigné ceux-ci pour leur faire défendre de publier sous le nom de Rosny aucun livre ou article de journal... ;

Considérant que le pseudonyme emprunté par les frères Boex à la *Banlieue de Paris* et à la *Vie de Sully* n'est pas le nom dont l'appelant revêt ses ouvrages ; qu'il s'en différencie profondément par l'absence de la particule et se caractérise spécialement par les initiales J.-H. précédant Rosny ;

Que la confusion entre Léon de Rosny et J.-H. Rosny ne

s'est point produite dans le monde des sciences et des lettres, etc...

Ainsi s'acheva cet incompréhensible procès, pour le plus grand bien des lettres françaises.

*
* *

Rodenbach écrivait à la fin de son étude sur les auteurs de l'*Impérieuse Bonté* (1) : « Les frères Rosny sont *un* grand écrivain. » Je parlerai donc désormais — ce qui rendra cette étude plus claire et plus rapide — de J.-H. Rosny comme d'un *seul* romancier. Aussi bien leur collaboration n'a pas d'histoire. Elle paraît avoir été effective après *Nell Horn* et le *Bilatéral*, qui sont entièrement de l'aîné. Les deux frères font partie de l'Académie Goncourt. On ne fit pas de distinction spéciale lorsqu'on décora du ruban, puis de la rosette rouge, J.-H. Rosny *homme de lettres*.

A l'Académie Goncourt, J.-H. Rosny semble avoir soutenu les « jeunes » avec ténacité. Les livres et les écrivains pour lesquels il vota avaient remporté les suffrages de l'élite (2) et on ne doit pas le rendre responsable de l'attribution des prix qui, décernés à certains lauréats, paraissent destinés à consoler les écrivains qui n'ont pas réussi, bien plutôt qu'à encourager les « jeunes » et leur permettre d'achever une œuvre sans souci du pain à gagner.

(1) *L'Elite.* Fasquelle, éd.
(2) Enquête sur l'Académie Goncourt, *Presse*, juillet 1904.

II

LES THÉORIES

J.-H. Rosny est l'écrivain le plus complexe de
ce temps. Son œuvre considérable présente,
lorsqu'on l'examine d'ensemble, une apparence
confuse, touffue, *lourde*, pourrait-on dire, tellement
les idées s'y accumulent, tellement les tentatives
de forme neuves y sont nombreuses. Pour moi,
cette impression fut si *effarante*, que je redoutai
longtemps d'entreprendre cette étude et je
m'étonne de l'avoir entreprise, parce que « pour
en bien parler, de ces scrutateurs d'âmes, il faudrait
leur âge et presque leur talent (1) ».

En 1894, lors de l'*Enquête sur l'Evolution littéraire*, de Jules Huret, les Rosny prétendirent
modestement que personne n'annonçait le *réno-
vateur*, mais ils ajoutèrent qu'il faudrait sans doute
deux ou trois générations pour faire triompher
leur formule et que les premiers artistes qui l'auront

(1) Camille Mauclair, *la Grande France*, septembre 1903.

comprise et appliquée devront se résigner à être sacrifiés à leurs successeurs (1).

En parlant ainsi, il traduisait cet instinct qu'il a des transformations *lentes* et profondes. Chacun apporte une pierre à un édifice. Le moindre acte, même infime, a son importance, mais un mouvement qui n'aurait qu'un résultat brutal serait inutile. Il faut semer une à une les idées susceptibles de déterminer une évolution, dût un autre en récolter la gloire. Nous verrons tout à l'heure, en étudiant ses œuvres sociales, comment il a rattaché cette théorie de l'effort à son « système du monde ».

Si J.-H. Rosny voua un profond respect aux premiers naturalistes — qui sont à ses yeux Flaubevert et les Goncourt — c'est qu'ils furent « les apporteurs de choses nouvelles ». Et Zola n'est pas considéré par lui comme un créateur, mais comme un élève habile, prompt à s'assimiler les éléments d'art que ses aînés lui ont fournis. Cette adresse d' « homme politique », que Rosny vit jadis chez Zola, le disposa si mal à l'égard du père des Rougon, qu'il rompit avec les naturalistes en 1887 en écrivant le fameux Manifeste des *cinq* qui protestait contre les « ordures » de *la Terre*.

Ce manifeste, que signèrent aussi Bonnetain (2),

(1) A rapprocher de cette phrase de Flaubert : « Je n'irai jamais bien loin, je sais tout ce qui me manque, *mais la tâche que j'entreprends sera exécutée par un autre;* j'aurai mis sur la voie quelqu'un de mieux doué et plus né... » *Correspondance,* 1850.)

(2) Voir l'histoire de ce manifeste dans l'interview de Paul Bonnetain. *Enquête sur l'Evolution littéraire,* J. HURET, p. 241. Fasquelle, éd.

Descaves, P. Margueritte et Gustave Guiches, fut-il l'origine réelle de la réaction contre le naturalisme ? Peut-être en hâta-t-il la venue logique. Le triomphe se préparait des néo-réalistes parmi lesquels on rangea Rosny. Or Rosny est resté réaliste, en effet. « Trop foncièrement évolutionniste pour rompre avec le passé immédiat, il a seulement *transformé* le réalisme par un mode nouveau (1) ». A la vérité, nul plus que lui ne semble écarté des *écoles* — « ces chinoiseries », dit-il — et son labeur gigantesque, son isolement, son horreur des cénacles démontrent le triomphe de l'individualisme en art. Mais comment au début d'une carrière résister aux influences ? La plus belle gloire d'un écrivain n'est-elle pas de s'être dégagé par degrés de ces influences pour se manifester nouveau, personnel ? — La personnalité de Rosny vient de son ardeur à pénétrer le secret des origines, à se rendre compte de la transformation *naturelle* des êtres et des choses, et, partant, de son amour pour la science. D'avoir étudié rétrospectivement, par comparaison, le secret de nos destinées, J.-H. Rosny est devenu optimiste.

Déjà en 1891, il prévoyait ce que serait *l'autre chose* qui remplacerait le naturalisme :

L'autre chose, c'est une littérature plus complexe, plus haute... C'est une marche vers l'élargissement de l'esprit humain, par la compréhension plus profonde, plus *analytique* et plus juste de l'univers *tout entier* et des plus humbles

(1) M.-A. LEBLOND, *La Revue*, 15 septembre 1903.

individus, acquise par la science et par la philosophie des temps modernes. La vérité n'est pas dans les extrêmes... *L'autre chose* sera aussi une *réaction contre le pessimisme* qui résulte surtout de l'*incomprébension des éléments constitutifs de son époque et de l'époque elle-même*... L'autre chose, ce sera aussi une réaction contre la morale évangélique rapportée par les Slaves, contre le reniement de la *civilisation* et du *progrès* au bénéfice des idées de renoncement.

J'ai souligné quelques expressions dans cette théorie que Rosny émettait alors et qu'il a suivie avec fidélité. Elles synthétisent les caractéristiques de l'œuvre de Rosny et ses tendances humanistes. Son œuvre est *sociale*, puisqu'elle étudie et prévoit une évolution ; *scientifique*, puisqu'elle vante le progrès et en étudie les causes ; *préhistorique*, puisqu'elle recherche les premiers éléments constitutifs de la société ; **picturale** et par conséquent *psychologique*, puisqu'elle dépeindra la vie entière et jusqu'aux plus humbles individus ; *optimiste*, enfin, toujours, puisqu'elle empêchera la résignation et proclamera la beauté des efforts patients qui ne sauraient être stériles.

III

Le Roman scientifique

J.-H. Rosny, bien avant H.-G. Wells, a
« utilisé » le merveilleux scientifique. Il n'est pas
impossible que Wells ait été influencé par Rosny.
Dans la *Guerre des Mondes* qui ressemble si étran-
gement aux *Xipehuz*, dans *Place aux Géants* qui
rappelle comme impression le *Cataclysme*, c'est la
lutte de l'humanité contre des races nouvelles.
Mais alors que Wells écrit surtout pour divertir
et impressionner, Rosny soulève l'angoissant problème de la vie et de la perpétuation des races.
Chez Wells, l'homme est toujours vaincu ou près
de l'être : Dans la *Guerre des Mondes*, les Marsiens
qui sont presque maîtres de la Terre ne doivent
la mort qu'au hasard ; dans *Place aux Géants* les
Géants dominent définitivement l'homme normal.
Rosny met en présence deux espèces civilisées :
l'espèce humaine triomphe.

Les *Xipehuz* sont des êtres bizarres, intelligents
et doués d'une vie électrique. Voici comment ils

apparurent aux hommes « mille ans avant le massement civilisateur d'où surgirent plus tard Ninive, Babylone, Ecbatane » :

C'était d'abord un grand cercle de cônes bleuâtres, translucides, la pointe en haut, chacun du volume à peu près de la moitié d'un homme. Quelques raies claires, quelques circonvolutions sombres. parsemaient leur surface ; tous avaient vers la base une étoile éblouissante comme le soleil à la moitié du jour. Plus loin, aussi excentriques, des strates se posaient verticalement, assez semblables à de l'écorce de bouleau et madrés d'ellipses versicolores. Il y avait encore, de-ci de-là, des formes quasi cylindriques, variées d'ailleurs, les unes minces et hautes, les autres basses et trapues, toutes de couleur bronzée, pointillées de vert, toutes possédant, comme les strates, le caractéristique point de lumière.

Ces Formes qui se multiplient avec une rapidité singulière vont-elles envahir le monde ?... La lutte est inévitable, et le livre de Bakhoun (que feint de recopier Rosny) c'est l'histoire du massacre de deux Règnes « dont l'un ne peut exister que par l'anéantissement de l'autre ».

Mais après la victoire, Bakhoun s'écrie : « Maintenant que les Xipehuz sont morts, mon âme les regrette... ». C'est la revanche d'une bonté *impérieuse* qui atténue l'orgueil de la force.

Cette bonté se manifeste toujours à l'égard des races nouvelles : « Un *charme adorable* me pénètre à contempler les *Mœdigen* », dit le héros d'un *Autre Monde*, et Vamireh ira jusqu'à laisser la vie à ses adversaires les plus féroces.

En dehors de la curiosité avide de Rosny, de sa

science profonde et sûre, de sa logique presque inquiétante (1), on distingue dans ses romans scientifiques un étonnement de penser que l'homme, entre toutes les races connues et inconnues, est le vainqueur définitif du globe. L'intelligence limitée des hommes ne sera donc pas dépassée lorsqu'elle aura atteint son apogée ?... N'y-a-t-il rien « au-delà des forces humaines » ? On devine que Rosny serait satisfait de prouver que nous ne sommes qu'*intermédiaires*. Et il crée des êtres doués d'une force supérieure — et de moyens neufs d'action : les Xipehuz, les Mœdigen, les Vuren. Il a même écrit que les éléphants eussent été les maîtres du monde s'ils avaient eu deux trompes. Théorie de penseur influencé par Darwin, d'évolutionniste qui ne peut admettre qu'il soit possible de déterminer avec certitude un avenir plein de surprises.

Réalisant la prédiction de Flaubert : « Plus il ira, plus l'art sera scientifique (2) », accomplissant le vaste programme que Zola imagina sans parvenir à le suivre tout à fait, Rosny a non seulement utilisé la science comme eût pu le faire un savant, mais il l'a chantée, magnifiée comme devait le faire un « savant-poète ». Ses ouvrages de préhistoire se rallient d'ailleurs aux œuvres scientifiques, puisqu'il y étudie la base de notre humanité, le secret des origines.

(1) Rosny est peut-être le plus puissant évocateur de ce temps. La sensation de vérité qui se dégage de ses œuvres de fiction est *poignante*.

(2) *Correspondance*, 1852.

IV

Le Roman préhistorique

J.-H. Rosny est le véritable créateur du roman préhistorique. Avant *Vamireh*, les tentatives de ce genre sont nulles ou sans valeur. Pourtant *Vamireh* n'eut qu'un succès d'estime parmi les lettrés et le public ne salua pas l'apparition d'un chef-d'œuvre (1). Aucun livre ne pouvait mieux nous faire assister aux débuts de l'humanité, Rosny décrit les hommes de l'Europe quaternaire, les grands dolichocéphales, avec une émotion fraternelle. C'est l'époque où les luttes vont se livrer entre les races primitives pour la survie de l'une

(1) « Supposez que *Vamireh*, inconnu, nous soit demain révélé comme une traduction d'un étranger à succès, et songez à l'émotion qui s'emparerait du public, devant ces pages où la vie des premiers hommes se débat dans une lutte violente contre les énergies d'alors, l'Élément, la Bête ; où l'amour éclot, dans sa noblesse native, comme une fleur sauvage, tout embaumée de la jeunesse du monde. Quel émerveillement soudain ! Aux thés de cinq heures, il n'y aurait pas assez de caillettes pour se récrier, d'hommes graves pour renchérir.» (Paul et Victor Margueritte).

d'elles. Avec quel regret son héros constate confusément que ces luttes sont nécessaires ! La bonté le pousse à aimer tous les êtres. Il regarde courir le cerf élaphe : « Llô ! Llô ! fit-il, *non sans sympathie.* » Et s'adressant au taureau qu'il a dû frapper pour sauver l'un des siens :

Retourne là-bas, brave... si digne de vivre et de créer la grande race des Urus, si digne de pâturer longtemps encore les bonnes herbes de la plaine !... Non, brave... Vamireh ne frappera pas le grand Urus vaincu... Vamireh regrette que la plaine soit privée du brave qui aurait protégé sa race contre le Lion et le Léopard (1)...

Plus tard, quand les hommes contempleront les urus abattus en guerre loyale, ils en ressentiront « plus de douleur que de colère ».

C'est surtout ce désespoir de l'hécatombe obligatoire pour la sauvegarde de l'homme qui rend ces romans préhistoriques si émouvants. Vamireh déplore la fin des races inférieures dont il pressent l'évolution probable. Nous verrons que cet *altruisme* Rosny l'a développé dans ses romans sociaux. Ici son culte de la force se distingue d'autant plus que la force fut la première des aristocraties, l'arme naturelle qui devait laisser survivre une élite (2). Et c'est avec une émotion religieuse que Vamireh contemple le mammouth.

(1) *Vamireh,* p. 35.
(2) C'était bien une Bible nouvelle. L'homme du déterminisme et du tranformisme dressait sa réalité par-dessus la vieille fiction métaphysique de l'homme-double : « âme immortelle » tenant à

Les faibles disparaissent. Toutes les races qui n'auront pas la force, le sentiment de l'art et de la science doivent périr (1). C'est ainsi que les singes furent jadis une race dominatrice. Quand l'homme des arbres rencontre Vamireh, il perçoit « la présence d'un semblable ».

Sentait-il que jadis au menstrue du tertiaire, *il était au même échelon que le grand Dolichocéphale* debout devant lui, que des misères, des habitats dépressifs, avaient fait de sa race l'agonisante et de l'autre la victorieuse ? Avait-il, inscrites dans sa chair, les douleurs, les révoltes, les nostalgies, les exodes perpétuels, les batailles perdues, tout ce qui se transmet de génération en génération, de sang à sang, et dont les éveils indéfinis, rêves de vies ancestrales subitement revenues dans les fibres héréditaires, valent la mémoire directe et précise... (2)

Mais, dans l'esprit de Rosny, force est synonyme de bonté, d'altruisme, de curiosité scientifique.

un corps qu'elle domine et qui la ravale. Celui-ci était simple et clair, soumis aux forces extérieures et modelé par leur incessante pression ; tout devenait clair autour de lui, par sa seule présence ; il ne repoussait pas la terre, sa mère, pour se chercher des aïeux divins ; il était une forme — la plus belle — de la substance organisée... et nous arrivions à une nouvelle explication de l'Univers. — JEAN ERIEZ.

(1)... Plus féroces de mœurs, moins artistes que les grands Dolichocéphales des plaines occidentales, les Orientaux avaient de bonne heure accepté les hiérarchies saintes. Sur les terres fertiles de l'Est, ils avaient le rêve du pasteur, immobile et monotone. Leur organisation sociale était plus parfaite, mais ces races n'avaient pas l'avenir des races plastiques, volontaires, travailleuses et individualistes d'Europe. (*Vamireh*, p. 159).

(2) *Vamireh*. — A rapprocher des *Profondeurs de Kyamo* où le savant Alglave assiste à l'éveil de l'intelligence chez les gorilles.

L'altruisme est une force où la plus haute intelligence et la volonté la plus opiniâtre trouvent un développement aussi fécond que dans la science ou dans l'art. Si la psychologie humaine est superficielle sans la chaleur des solidarités, sans la puissance infinie de la bonté, qui livre les êtres l'un à l'autre, une ambition ardente doit pouvoir s'étancher dans l'amour actif du prochain comme dans la connaissance... La bonté, difficulté intellectuelle, travail de toutes les délicatesses nerveuses, il est puéril de l'assimiler au Renoncement (1).

Vamireh, qui ne cesse de pousser son cri glorieux : « Vamireh est le plus fort !... fort comme le Mammouth !... etc. », s'attendrira sur le sort des répugnants « Mangeurs de vers », sauvegardera les jeunes proboscidiens, saluera joyeusement la fusion des castes souveraines.

Semblables aux *Mœdigen* qui s'accouplaient dans des batailles au cours desquelles le puissant *prenait*, *absorbait* la force du faible, les castes mêlées s'empruntent leur science, leur vigueur, leurs coutumes. L'une doit forcément dominer : c'est la plus basse, la plus lente, la plus laborieuse. Remplacez les noms des tribus par aristocratie, bourgeoisie, prolétariat, et vous aurez le système du monde de Rosny, parent du système de Darwin, et qu'il a dû élaborer en étudiant la préhistoire, ou la terre elle-même, dont les transformations, caractérisées par les traces, sont identiques.

J'ai dit que j'expliquais la succession des structures complètes par l'anatomie comparée, parce que ma méthode pour

---

(1) Nous verrons tout à l'heure, dans l'œuvre psychologique et sociale, à quel point Rosny juge le sacrifice inutile.

retrouver le système aristocratique dans le système actuel est absolument celle qui nous permet de retrouver les parties essentielles du corps d'un singe dans notre propre corps. Les jambes, les bras, le cerveau, sont semblables sans être *identiques*. Nous nous servons des mêmes ajustements musculaires ou nerveux, mais *transformés*. Une partie des mouvements et des pensées que nous avons est mouvements et pensées de singe, l'autre partie qui se superpose et s'adapte à la première est mouvements et pensées spéciaux à l'homme ; l'ensemble est mouvements et pensées d'homme. Mais il va sans dire que les ajustements musculaires ou nerveux de l'homme, modifications des ajustements du singe, appartiennent à l'homme sans appartenir au singe ; qu'ils caractérisent donc l'homme et lui sont essentiels. De même l'aristocratie est faite d'ajustements anciens. C'est une structure complète dans une structure complète (1).

Ce n'est pas un simple désir d'évocation qui fit écrire à Rosny *Eyrimah* ou *Nomaï*. L'éveil de l'amour dans les peuplades primitives en forme le sujet véritable. Et ici l'Amour, chanté en une prose qui atteint la beauté des plus magnifiques poèmes, prend une importance symbolique. La venue de l'Amour entre camps rivaux suscitait la guerre meurtrière qui provoque les paix utiles aux grandes communions.

Assurément des livres de fantaisie s'élaborèrent à côté des œuvres qu'un lien philosophique reliait. Délassement d'écrivain que tentait la magie d'un paysage reconstitué ou la description des hordes anciennes. Mais ces romans, Rosny les signa d'un pseudonyme qui est presque un ana-

(1) *La Charpente.*

gramme, *Enacryos,* et ils survivront sans doute au fatras de romans grecs, égyptiens ou romains (que suscitèrent *Aphrodite* et *Quo Vadis*) à cause de leur forme harmonieuse et souple, digne des chefs-d'œuvre français. Le public ignore la personnalité réelle d'Enacryos, et dans les milieux littéraires, ce nouveau venu qui maniait une langue admirable inquiéta longtemps (1). Des deux livres publiés sous ce nom, *Amour Etrusque* et les *Femmes de Setné,* le premier est certes le meilleur. Les *Femmes de Setné* sont une sorte de roman héroïque, plus près de la légende que de la vie, mais une évocation tumultueuse des armées en marche y figure où l'on retrouve la puissance descriptive du Flaubert de *Salammbô* (2).

On a vu de quelle manière Rosny a préparé ses œuvres sociales en étudiant la préhistoire. Peut-être consultera-t-on plus tard son livre des *Origines* pour y apprendre l'enfance de l'humanité.

(1) Une préface surtout étonnait : « Il (le lecteur) devra avoir soin de se persuader qu'il ne sait rien des Etrusques. A la vérité nul n'en sait davantage, mais, tout de même, pour bien goûter ce récit, qu'il fasse une distinction entre sa « pure » ignorance et l'ignorance *pervertie de ceux qui ont longtemps pratiqué la matière* ».

(Amour Etruque).

(2) Rosny a publié récemment sous le nom d'Enacryos un livre de haute portée, la *Juive* qui se classe parmi ses meilleurs œuvres sociales.

V

Le Roman psychologique

L'amour, dans les romans de mœurs de Rosny, apparaît comme un fléau. Un des personnages du *Roman d'un Cycliste* déclare :

> L'amour est une chose bien sauvage dans notre civilisation : du sang, de la terreur, de la cruauté. Sans doute nos neveux ignoreront cette *maladie frénétique*, elle disparaîtra avec la guerre.

Fléau désirable !... Les amants face à face ont beau se considérer en adversaires (1), les fiancés avec une inquiétude épouvantée (2), l'homme mûr songe : « Et la vie ne recommencera pas, ni l'*unique* poème dont elle se complique (3) ». Que ce poème désirable transforme l'homme en sauvage, qu'il éveille en lui les instincts farouches

(1) *Une Rupture.*
(2) *L'Héritage.*
(3) *L'Autre Femme.*

des premiers âges, il ne s'achève pas moins dans un émerveillement (1).

Au contraire des romans contemporains, les livres de Rosny traitent peu de l'adultère. On peut dire que deux œuvres seules développent ce sujet conventionnel : *L'Autre Femme* et *Une Rupture*. Et encore n'est-il qu'accessoire dans la seconde. Je considère ces romans comme « hors série », ils ne ressemblent à aucun des romans de mœurs de Rosny, ils sont purement psychologiques et je ne connais pas de drame plus poignant que le calvaire amoureux d'Hubert Briare, ou la douloureuse séparation d'Edmond et de Paule.

Quel Maupassant ou quel Bourget sut ainsi nous émouvoir avec l'aspect des misères quotidiennes, des tristesses banales, sans le secours du romanesque !

La vérité de ces livres leur donne un relief ter-

---

(1) Cette importance donnée à l'amour, qui est parfois le pivot des événements dans son œuvre, répond au reproche fait à Rosny d'être influencé de l'esprit anglo-saxon. « La femme est charmante dans la vie, dit M. Rudyard Kipling, mais on en a un peu abusé en littérature. Il y a tant d'autres sujets .. » — En écoutant cette parole on ne peut s'empêcher de penser que la chasteté du roman anglais provient de causes plus profondes que le *cant*. Le mot hypocrisie fournit une explication un peu courte. En vérité ce peuple est le moins sensuel de tous. L'amour représente pour lui une distraction à laquelle on peut donner le change par le travail ou par le sport ; chez les types supérieurs la passion revêt un caractère d'idéalisme respectueux ; chez les autres, c'est un assouvissement brutal et rapide : rarement elle imprègne la vie entière, exerce la tyrannie avouée sur les sens. Nous autres Latins ou Celtes leur faisons l'effet d'étranges monomanes. » (ROBERT D'HUMIÈRES, *L'Ile et l'Empire de la Grande-Bretagne. — Mercure de France*, éd. 1904, p. 129-130).

rible. Aussi bien l'*Autre Femme* ne raconte pas l'adultère proprement dit, la maîtresse n'apparaît pas : « c'est indirectement que l'amour pour elle y est impliqué, en tant que cet amour se répercute sur les relations de l'homme avec sa femme et ses enfants, ou se modifie *par* sa femme et *par* ses enfants (1). »

En résumé, du double ménage que fait l'adultère, on n'en raconte ici qu'un seul, et lorsqu'on n'en raconte qu'*un*, c'est toujours celui de la maîtresse : au rebours, celui-ci ne s'occupera *que* de la femme. L'adultère restera donc à la cantonade : nulle des réflexions, nulle des analyses ne s'écartera de ce point de vue. On pense atteindre ainsi à une intensité que le récit de l'adultère même ne permet pas de concentrer sur la Famille (2).

On voit tout ce que cette conception présentait de neuf, à une époque où l'historiette sentimentale, enjolivée, délayée, semblait être l'unique sujet proposé à l'habileté du romancier. Mais *l'autre* ménage, celui de la maîtresse, devait intéresser l'écrivain à plus d'un titre. Ce ménage, Rosny l'étudiera à sa période de dislocation, à l'heure de la rupture. Et voici quelle psychologie il prête à ses personnages, psychologie qui résume sa conception de l'amour chez l'homme et chez la femme :

A lutter contre un mâle qui, *dès l'adolescence, a convenu avec soi-même de toute irresponsabilité et de toute inconstance*

—————

(1) *L'Autre Femme,* préface.
(2) *L'Autre Femme,* préface.

sexuelles, notre compagne ne dispose plus que de l'arsenal des faibles : la ruse, le mensonge et la fraude. Les plus fières, les plus loyales et les plus nobles sont donc, par définition, vaincues. Et les meilleurs parmi les hommes, à leur tour sont victimes, car on attend d'eux une conduite incompatible avec la faiblesse humaine, et ils sentent toute la misère de leur insuffisance fatale (1).

Duel éternel entre les sexes, qui prend ici la valeur d'un problème social ! Plus tard Rosny écrira :

... l'idéal de la femme est dans la fidélité. Même les perfides, même celles dont les sens parlent trop fréquemment, même celles qui ont vingt fois trahi, conservent au fond d'elles le rêve des liaisons éternelles, de même que les plus loyaux, les plus purs, les plus tendres des jeunes hommes ont en eux l'instinct sauvage de la polygamie... Tel qui sera cependant fidèle, part dans la vie menteur ; telle qui sera à l'excès capricieuse et déloyale, débute avec une foi vive dans la durée (2).

Voici donc la marque d'une fatalité, obstacle à l'amour durable, que les couples futurs devront combattre. La femme supérieure, la femme de l'avenir saura fixer son choix après une expérience lente et même contre les élans de sa propre nature. Marie Gerfault résistera au séduisant Verteil pour se donner à Farniès, dans une sorte de demi-sacrifice qui se tranformera en confiance et en douceur (3). Ève Ravière hésitera longuement

(1) *Une Rupture,* préface.
(2) *L'Héritage.*
(3) *Le Chemin d'Amour.*

1*

devant d'autres partis avant de distinguer le véritable amour d'Hélier (1) ; l'Indomptée, enfin, fuit le seul homme vers qui son instinct l'attirait, parce qu'il refuse de lui donner la preuve d'un désir de fidélité : le mariage (2). Daniel Valgraive, près de la mort, unira sa propre femme à son ami Hugues, parce qu'il sait que celui-ci est le seul être qui puisse donner à sa compagne un bonheur durable (3).

Et cette dernière qui accepte ce sacrifice, et les autres qui se défient de leurs sensations trop rapides, pour écouter la raison, sont des femmes d'un autre âge. Elles symbolisent un progrès social, la force d'une sorte de féminisme triomphant qui, apportant plus d'égalité dans les couples, en assurerait l'harmonie et la durée. Ces silhouettes un peu imaginaires font, des romans d'amour de Rosny, des œuvres presque héroïques et d'une poésie pénétrante. Les jeunes filles, à paraître plus inaccessibles, deviennent plus désirables.

M. Charles Maurras a comparé les jeunes filles de Rosny à celles de Corneille. Nulle comparaison n'est plus exacte. La jeune fille est, dans son œuvre, le but idéal que poursuit le jeune homme, elle est aussi la force altière, l'honneur farouche, la grâce troublante, la pureté. Un roman qui se rattache à cette série de livres faciles que Rosny a écrits ces dernières années et qui débordent de

(1) *Le Bilatéral.*
(2) *L'Indomptée.*
(3) *Daniel Valgraive.*

paradoxes plaisants, de descriptions délicieuses, d'aventures romanesques : *l'Héritage*, vaut surtout par les caractères de jeunes filles qui y sont peints. Clotilde de Leuze et Solange de Moreuil sont les types parfaits des vierges séduisantes dont Rosny embellit la vie. Elles semblent détachées du cadre d'une tragédie classique. L'une est la vigueur hautaine, l'autre, le charme rêveur. Elles sont le résultat d'une éducation nouvelle, « intermédiaire entre l'éducation française et l'éducation américaine ». Elles préparent des mères dévouées, ardentes et sûres d'elles-mêmes.

L'enfant, ce prolongement de soi-même en l'avenir, est décrit par Rosny avec une sorte de culte. C'est toute la genèse d'un recommencement, les premiers instincts, la curiosité étonnée du regard, l'éveil à la lumière, la divination de la souffrance. « C'est, dit Marius-Ary Leblond, parce que Rosny est le poète du devenir, qu'il est le plus conscient poète de l'enfant. »

Ce que Victor Hugo a pressenti en des vers admirables, il l'a analysé. Il n'est pas un livre où ne fleurisse le charme d'une enfance, même le *Chemin d'Amour*. L'absence de fils au foyer est l'absence même du bonheur, la certitude de la prochaine mort irrémédiable (1). Leur présence n'est pas seulement la joie (*Fane*), elle est la dignité de la famille, la raison prolongée de l'amour, et la force qui la soutient (*Une Rupture*). A la mère la vie de l'enfant est sacrée et la

(1) *Une Rupture*. — Dans *La Charpente*, de n'avoir pas d'enfants, Mme Delafon s'abandonne à une maladie nerveuse, son mari sécrète un pessimisme intransigeant, Duhamel divorce.

M. A. L.

raison dernière de sa vie même : ainsi dans *Nell Horn*, qui est le roman de l'enfance fragile dans une existence de misère, pour que le bébé vive, la mère accomplira le plus grand sacrifice que la fatalité puisse imposer à ses délicatesses individuelles, elle se livrera à un vieillard, elle profanera son corps, odorant souvenir qui reste seul du plus chérissable amour. Le père s'attache plus complexement à la vie universelle par l'enfant à travers lequel il l'étudie et l'aime. Pour lui l'enfant est, comme l'œuvre pour l'artiste, un petit miroir de la vie évolutive (*Le Bilatéral* ; *Fane*). Déjà pour l'éducation, non seulement familiale mais sociale, de l'adolescent, est nécessaire la culture des enfants ; elle lui semble « un appui, une force d'innocence capable de le protéger ».

L'enfant est le plus beau poème qui puisse intéresser l'adulte. Il est poème de délicatesse décorative, « la fragile fleur humaine » ; — poème d'histoire : « Tout cela fait retrouver à Marc on ne sait quelles choses antiques, immenses, sages et immobiles dans ce doux petit visage, le cloue immobile à son tour, grave, mélancolique, rêveur, comme s'il était penché sur le mystère des ruines de Ninive ou de la plaine immense de Stone-Henge » ; — aussi poème de religion : « Le père s'émut alors, il lui parut entrer au fond des petites cervelles, participer à leur fraîcheur de sensations, à leurs joies immenses de jeunes vies, et une vénération le pénétra ». — Poème panthéistique, car ce sont « Les petites Vies » (1).

Il est à remarquer que des romans de mœurs de Rosny, il se dégage une sorte de *fatalisme,* et que ce poète de la force et de l'action, cet optimiste ne peut s'empêcher de considérer le bonheur comme un hasard :

Est-ce que vous croyez que la graine qui est admise à germer a plus de mérite que celle qu'on broie au moulin ? Vous

(1) M. — A. LEBLOND. *La Revue,* 15 septembre 1903.

imaginez-vous que les habitants de Krakatoa, tués en bloc par un tremblement de terre, valaient moins que leurs voisins ?... Ah ! oui, que le bonheur est sans cause !... (1).

— « Ce qui doit être sera » dit Clotilde de Leuze. — « Non, cent fois non ! se récria Hubert, c'est la devise des races perdues. Les races victorieuses disent : « Aide-toi, le Ciel t'aidera ! » — « Mais l'un n'exclut pas l'autre ! Seulement pour s'aider, il faut savoir que faire. Si, tombée à l'eau, j'aperçois une racine d'arbre à portée, je m'y accroche. Mais si, jeune fille, je désire une de ces mille choses en somme insaisissables que vous nommez le bonheur, comment savoir si j'aurai plutôt ces choses en voyageant qu'en demeurant ici (2) ? »

La pensée de Rosny est certes dépassée par son personnage, jamais l'écrivain n'a considéré l'entreprise comme inutile, mais il ressort nettement de ses livres que nous sommes soumis à des événements qui se présenteront à nous, et qui nous vaudront le bonheur ou la ruine. La beauté, l'intérêt de l'action réside en ceci que nous pouvons fuir la circonstance, nous en évader, mais nous restons les esclaves d'un hasard nouveau.

D'avoir évité le découragement, avec une théorie semblable, c'est tout l'art de Rosny. Puisque la vie fut l'éternel vainqueur des races et des choses, quel orgueil ne devons-nous pas ressentir de n'avoir pas succombé dans le passé ? L'homme est voué à de splendides destinées. Il nous faut vivre confiants.

(1) *Le Crime du Docteur*, p. 167.
(2) *L'Héritage*, p. 29. Juven, éd.

VI

Le Roman social.

Dans la lutte contre le collectivisme, M. Georges Clémenceau déclara à la tribune : « Entre la société de M. Jaurès et la société moderne, il y a une infinité de formes de sociétés (1). » C'est le triomphe de l'évolutionnisme préconisé par J.-H. Rosny. Alors que Jules Guesde s'écrie : « Je ne crois pas aux réformes (2) », Rosny prévoit un mouvement naturel, inévitable prouvé par l'étude rétrospective du monde (3) :

Je le répète, toutes ces structures se pénètrent, s'harmonisent, et il n'existe vraisemblablement pas d'homme de nos jours, le plus socialiste, le plus anarchiste, qui ne relève de la bourgeoisie ou de l'aristocratie. D'ailleurs, sous toutes leurs formes, les plèbes représentent à mon avis les parties les plus

(1) *Discours du 19 juin 1906.*
(2) *Le Matin. La Révolution sociale,* 11 juin 1906.
(3) « Je vous prouverai que le régime d'aujourd'hui n'est pas le même que celui d'il y a trente ans, qu'il est même basé sur des principes tout différents. » (*Discours du 19 juin 1906,* G. Clémenceau).

directement sujettes à la transformation, celles qui créent
l'avenir. Il paraît bien établi, en effet, que ce sont les couches
extérieures de nos organes qui *travaillent* le plus, et cela
n'est pas moins vrai pour les muscles ou les nerfs que pour
le cerveau. Or travailler, c'est s'adapter aux conditions du milieu : quand ces conditions changent, les organes se modi-
fient ; c'est la loi du progrès. On peut en induire que le progrès a une tendance à se faire par les couches extérieures,
c'est-à-dire, pour l'organisme social, par les ouvriers, par le
peuple. Les couches moyennes déjà intégrées ou fortifiées
par l'habitude, perfectionnées par l'abstraction, sont les
couches directrices ou gouvernantes.

Vous voyez un monde immobile et définitif, je vois un
monde relatif et en mouvement. Un livre nous a été laissé,
plus vaste que la Bible, c'est la croûte terrestre : il s'y trouve
écrit une vérité qui a des millions d'années : l'évolution, le
perfectionnement des organismes. Je reporte cette vérité
dans nos organismes sociaux, je constate des structures anciennes et des nouvelles ; l'aristocratie est une structure an-
cienne, la bourgeoisie une structure présente, le collectivisme une structure en formation (1).

On comprend dès lors la différence établie entre
la Bonté (action lente) et le Sacrifice (acte brutal).
Le Sacrifice est toujours inutile. Le fanatique Les-
clide du *Bilatéral*, l'illuminé Beyssières des *Ames
perdues*, se sacrifient en vain, ou plutôt ils arrêtent
la marche des événements, soulèvent la férocité du
parti bourgeois. Les coups d'Etat ne se sont jamais produits qu'au lendemain de tentatives anarchistes, alors que les « couches moyennes », me-
nacées d'être les premières écrasées, réagissaient,
plus fortes d'avoir eu peur.

(1) *La Charpente.*

Il est évident que Rosny pense comme M. Clémenceau que « l'individu fait le milieu ». Il faut exalter l'individu par la Bonté et non par l'héroïque et puéril Renoncement. Ceux qui s'immolent à une idée au lieu d'en préparer l'éclosion, sont des « âmes perdues (1) ».

« Si les hommes ne se haïssaient pas, répète souvent Rosny au cours de ses œuvres, il n'y aurait pas d'injustice sociale. » Être altruiste, voilà le but que doivent se proposer les hommes (2).

Les livres sociaux de Rosny n'ont fait que répéter cette loi. Que ce soit Hélier (le *Bilatéral*) ou Jacques Fougeraye (*l'Impérieuse Bonté*) qui discute l'avenir, il apparaît clairement que ce qui différencie les barbares voués à la disparition, et les civilisés qui créent le futur, ce n'est ni du raffinement d'art, ni même le plus ou moins d'intelligence, mais la manière de répandre le bien autour de soi, d'accepter les charges. L'antisocial cherche continuellement à leur échapper, le social sent qu'il faut les subir, et lorsqu'elles ne sont pas écrasantes, il les subit avec une sorte de joie, avec l'instinct, non seulement de faire bien, mais de faire au mieux de son bonheur.

Tel est le sujet de *Sous le Fardeau*, la dernière

(1) « L'abnégation est un enfantillage mystique. Si le bien était un sacrifice, toute la morale périrait ». (Daniel VALGRAIVE).

(2) « L'individualisme féconde l'altruisme en morale, comme le socialisme en sociologie. Il y a même pénétration réciproque de l'un par l'autre, car ce n'est pas seulement *pour* la pratique de l'altruisme, mais *par* elle que l'on peut vouloir fortifier son individualité ».

œuvre (1) et le chef-d'œuvre de Rosny. Voici comment il explique lui-même ce qu'il a voulu développer :

« *Sous le Fardeau* est un roman social — un roman social qui ne supporte aucune thèse. Les conclusions qu'on en pourrait tirer seraient à peu près les mêmes qu'on pourrait tirer de la fréquentation directe de personnages analogues à Claude Saint-Clair, Tourzel, Gilbert, Marceline, Jean Reynier, Léon Chastelain, Madeleine, Suzanne, Laurence, le père Morot, etc.

« Avant tout, on s'est proposé de faire « vivre » ces personnages : si ce but n'est pas atteint, il vaudrait mieux n'avoir pas écrit le livre. Mais, générale ou intime, l'observation a été faite sous *l'angle social*. Le récit *met* aux prises des hommes ou des femmes particulièrement faits pour une généreuse vie sociale et des individus antisociaux, des brutes ou mêmes des sauvages comme Jean Reynier. Aux premiers le fardeau moral paraît fatal ; ils ne cherchent pas à l'éviter, ils n'arrivent même pas à concevoir que ce soit possible. Saint-Clair, Léon Chastelain, Gilbert le Charpentier, Marceline, ne sauraient se dérober à la force obscure qui, avec la force d'un instinct, contraint les vrais civilisés à accomplir de lourds devoirs, à assurer des responsabilités pénibles. Il n'est pas plus question pour eux de discuter si c'est un bien ou un mal, que de

(1) Depuis que cette étude est écrite, deux nouveaux livres ont paru, *la Juive*, signée Enacryos, et *Contre le Sort*, roman féministe.

discuter l'utilité ou l'inutilité des lois physiques. Saint-Clair dira à Langueraux, qui lui reproche son dévouement excessif à une famille qui abuse du droit d'être vaine, indolente et onéreuse : « Si « j'abandonnais les pauvres passagers qui naviguent « sur ma barque, je serais honteux, malheureux et « triste à en mourir. » L'artisan Gilbert qui, de son côté, avec une ténacité généreuse, a adopté les éclopés de sa famille et de celle de sa femme, s'excuse en disant : « Qu'est-ce que tu veux ?... J'ai pas fait le monde ! »

« A côté de ces êtres *très* sociaux, gravitent ceux à qui tout devoir de solidarité est intolérable, qui n'ont d'autre souci que se débarrasser des « charges » ou qui s'ingénient à devenir euxmêmes une charge. Ceux-là se forgent une sorte de devoir à rebours, ils ne sont vraiment joyeux que lorsqu'ils ont tiré brutalement profit de leurs semblables, abusé d'une dupe, satisfait quelque bas instinct. S'ils sont forcés, sous la pression des lois ou de l'opinion, d'élever une famille ou de secourir leurs proches, ils le font avec parcimonie ou rudesse, avec une fureur vindicative qu'ils satisfont en maltraitant leur femme et leurs enfants, en abusant des faibles, en tendant des pièges aux forts (1) ».

Sous le Fardeau n'est, en somme, que le complément de *l'Impérieuse Bonté*. Cette idée s'en dégage qu'il faut essayer de faire le bien en évi-

---

(1) *Revue Illustrée*. CASELLA. (Chronique Littéraire).

tant de s'immoler soi-même, être individualiste sans égoïsme, s'intéresser à toutes les âmes souffrantes en leur donnant un peu de bonheur. Le manque de bonté, l'injustice déroute l'homme qui vit avec optimisme ; on ne rend pas les hommes meilleurs en les obligeant à la défiance et à la crainte. Pour avoir été condamné sans cause par un tribunal, Gilbert le charpentier ne *comprend plus*... il ne saura pas, dit-il désormais, qui choisir du juge ou de l'apache.

L'injustice humaine crée des compromissions, des malentendus, des sourdes rancunes, augmente le nombre de malheureux désemparés, terrorisés par une organisation qui les dédaigne ou les écrase et qu'ils ne peuvent aimer. Ils se sentent trahis. Si les forts soutenaient les faibles, il y aurait moins de détresse morale. Toutefois, le fort ne doit accepter des fardeaux que suivant ses moyens, sinon il s'amoindrirait au profit momentané d'une masse formée d'éléments chétifs, et sa déchéance entraînerait la déchéance de ceux qu'il aide à vivre. Le sacrifice devient une folie, un dévouement poussé jusqu'au mysticisme. Le médecin qui sauverait un malade par la transfusion d'un peu de son sang dans les veines de ce malade, s'immolerait en voulant en sauver dix de la même façon. Et la vie de ces malades ne sera guère prolongée, alors qu'un homme de science aura disparu.

Le docteur Saint-Clair se penche avec pitié sur les douleurs humaines, mais son émotion ne l'empêche pas d'agir pour lui-même. Il estime qu'il défend son existence et prépare une société meilleure en luttant contre les barbares, Jean Reynier et Seilhac. A Mauville qui se reproche d'avoir frappé Seilhac, il répond :

> Si l'antique droit au meurtre avait quelque raison d'exister, ne serait-ce pas ici ? La réaction du civilisé a été plus vive chez vous qu'elle ne l'aurait été chez un homme moins pacifique. Il est bon que Seilhac ait été vaincu, — il est excellent qu'il soit infirme, et s'il avait péri, ce serait mieux encore (1).

C'est la lutte entre les sociaux et les antisociaux. Saint-Clair est *naturellement* un altruiste. Tourzel lui dit :

> Rien ne pourra, au fond, t'empêcher de remplir tes multiples devoirs, rien ne pourra t'empêcher d'avoir une confiance essentielle dans l'avenir de la société où tu existes... Et comment pourrait-il en être autrement ? Consentirais-tu plus facilement à t'amputer de tes instincts moraux qu'à t'amputer de ton intelligence. Tu auras beau te trouver devant a difficulté de définir par le détail l'utilité ou le péril des actes altruistes, ce sera toujours l'acte altruiste qui séduira ta conscience, comme une harmonie de couleurs séduit tes yeux (2).

Et si, avec de semblables instincts, l'homme social est menacé d'être écrasé sous le fardeau qu'il a accepté comme un devoir, n'aura-t-il pas la consolante récompense de l'amour, de l'amour qui lui donnera non seulement l'oubli de ses luttes,

(1) *Sous le Fardeau.*
(2) *Id.*

mais qui lui permettra de *se reproduire*, de laisser derrière lui son prolongement, un être armé pour la bataille contre les sauvages et pour supporter les nouveaux fardeaux que la bonté nous impose.

« Ne lisons pas, dit Rachilde, le sous titre du livre : roman social, mais disons mieux, roman humain ! (1) Adoptons l'étiquette et saluons en Rosny le précurseur de *l'humanisme*, cette *autre chose* qu'il présidait jadis et qui a aujourd'hui ses disciples fervents.

Le docteur Saint-Clair est peu différent d'Hélier. Ils sont l'un et l'autre une image de Rosny à des époques différentes. Saint-Clair est resté un ratiocinateur comme Hélier, mais il ne discute plus guère qu'avec des égaux en intelligence. Il a cultivé son individualité avec le sentiment de faire œuvre sociale. Jadis, il se montrait curieux de tous les arts, de toutes les actions. Successivement athlète, astronome, médecin (2), sa force et sa science devaient rapprocher Hélier–Rosny des humbles ignorants, et, devenu Saint-Clair, il a le « sentiment d'avoir rempli sa destinée ainsi qu'un homme complet doit la remplir (3). »

On lui a reproché de s'être représenté en des personnages supra-humains, parce que sa philosophie est celle de l'homme futur — résultat d'une évolution laborieuse — dont les actes, dictés par

(1) *Mercure de France*, 1906, t. LIX, p. 425.
(2) *Le Bilatéral*, p. 516.
(3) *Sous le Fardeau*, p. 210.

une bonté instinctive, diminueront la haine qui sépare les éléments d'une société.

Son rêve social n'est pas une utopie, il n'exprime aucune thèse et n'impose aucune conclusion hâtive. L'humanité peut devenir meilleure et le bonheur commun naît de la bonté. Théorie *saine* éloignée des revendications farouches qui firent le sujet de presque tous les romans *sociaux*. Aucune œuvre ne peut être comparée à l'œuvre réconfortante de Rosny, qui prouve, malgré tout, que la vie est bonne à vivre.

L'optimisme triomphe comme *un fait* organique et social. L'humanité ne saurait, actuellement, pas plus lui échapper que la terre ne saurait s'arracher aux forces qui la contraignent à volter autour du soleil. Le vœu de vivre est incomparablement supérieur au vœu de périr (1).

(1) *Sous le Fardeau,* p. 285.

VII

La Forme.

Entre l'écriture du *Bilatéral* et celle de *Sous le Fardeau*, il y a une différence considérable. Rosny, dont la forme fut si souvent discutée, est devenu styliste. Il existe même des livres de lui, comme *Une Reine*, qui sont des chefs-d'œuvre de style.

On a protesté jadis contre la forme du *Bilatéral* avec une intransigeance aussi affectée que celle des admirateurs qui crièrent à la perfection. Le *Bilatéral* est une tentative d'artiste désireux de faire entrer dans la langue française des expressions neuves et qui « exagère » pour qu'il en reste quelque chose. Il suffit de lire ce passage :

Sous la sentimentalité claire du ciel, à troubles écailles, à golfes ardoisés, à ailes de ramiers, de bizets, à légères cavernes d'écume blanche, à monticules obtus, une atmosphère de fraîcheur pressait doucement la montée des Buttes, et c'était comme une belle côte de Seine, de long, attendrissant attrait. Dans le gai travail d'après pluie, le vert des arbres se fonçait en troupeaux, montait, tournait, flottait en vagues, en buissons et, dans les angles tremblés, dans les demi-cirques, les dentelures feuilletées des maisons étaient pareilles à des crénelures châtelaines. Une, là-bas, semblait darder cinquante tourelles (ses cheminées) sur une flaque coquelicot, avec une façade chanvreuse, barrée au bas d'une cahute de craie neuve. Sur le pylône délicat à mille meneaux du Sacré-Cœur, un grand levier détirait ses bras obliques, au haut d'un mât, et deux cordes y pendillaient, capillaires, perdues dans un treillis de polygones bleus, tout cela d'une grâce curieuse, comme d'une fantaisie sémite tracée sur la conque du firmament, etc.

Cette citation ne peut donner qu'une idée vague de la prose rosnyenne d'alors, entremêlée de termes médicaux, scientifiques, zoologiques et botaniques.

Beaucoup de ses néologismes ont été adoptés. Rosny a l'originalité d'avoir créé le verbe *bruisser*, si différent du verbe *bruire*. Il a donné à sa phrase une cadence qui varie suivant qu'il s'agit d'une peinture ou d'une dissertation. Les mots *adorable, délicat, merveilleux*, employés comme « leit motiv » dans le premier cas, prêtent au paysage une harmonie, une douceur, une poésie incomparables : dans le second cas, les termes puissants, *précis*, s'ils déconcertent dès l'abord, ouvrent, par leur sens scientifique, des horizons plus larges, élèvent le discours aux hauteurs de la philosophie. C'est l'amour du qualificatif exact qui lui fait dire « des nuages marcescents, des vitres adamantines, une brume lactescente, etc. » Notre langue, grâce à lui, s'est enrichie d'un vocabulaire nouveau. Aussi bien, Rosny a su faire un choix, après avoir empilé en bloc dans ses premiers livres (quoique *Nell Horn* soit d'une écriture supérieure à celle du *Bilatéral*), et il n'a retenu que certains mots qui n'alourdissent plus son style, tant ils paraissent aujourd'hui familiers.

Il n'est pas exagéré de dire que Rosny a rénové notre langue qu'il écrit, désormais, avec une rare pureté syntaxique. Il était trop poète pour négliger la poésie des mots.

Voyez, pour comparer avec le style du *Bilatéral* ou de *Marc Fane* les passages suivants :

Il nommait ainsi une barcarolle fine et très jolie, un petit chef d'œuvre inconnu. La multitude légère des sons s'éleva. Elle palpita dans la salle claire, rejaillit sur les murailles, s'enfuit au jardin et parmi les ombres de la route. Elle emplit l'espace de sa vie délicieuse et passagère. Parfois, mais pour un verset seulement, la voix de Geneviève, pénétrante et voluptueuse, s'élevait. Alors le piano baissait le ton, ses notes se faisaient rares et chuchotantes. Puis, les cordes reprenaient plus vives, plus ardentes, et c'était un duo charmant entre la jeune femme et la matière, entre un être et les âmes éparses des choses. Pour Hubert, c'était le dialogue du désir et de la mélancolie. Sa poitrine se gonflait ; tout le poème de la femme entrait en lui, mêlant les étoiles égrenées au-dessus des arbres avec les vibrations de la barcarolle.

(L'Héritage.)

...Une vaste contrée d'arbres, où cent petites eaux claires se hâtent vers le fleuve, s'assombrissait sous un ciel fauve. L'orage s'enflait ; on voyait tourner les nues. La plus vaste palpitait jusqu'au fond de l'Occident, houille de vapeur brodée de lumière. Les autres, se mêlant en désordre accumulaient de la foudre. Et le soleil avait disparu. L'horizon n'était que forêts tremblantes ; elles montaient au nord jusque dans les nuages noirs ; elles ne s'ouvraient un peu que sur la ville de Rothstadt, blanche, fraîche et charmante comme une vierge saxonne avec mille tourelles, la cathédrale pensive et le palais carré.

Les ramiers s'abattaient sur le parc, les grands corbeaux, qui voyagent du palais du Printemps au palais de ville, se posaient avec des cris de guerre. Tous les passereaux avaient disparu ; les cigognes de la Tour du Phare se tenaient aux abords de leurs nids comme des sentinelles pâles.

(Une Reine)

Il faut remarquer que l'existence mouvementée des Rosny, leurs voyages desquels ils rapportaient des locutions neuves, leurs études qui leur révélaient le qualificatif technique, devaient fatalement influer sur leur forme et la rendre *nombreuse* et un peu chaotique. Nous l'avons désormais admise et nous ne pouvons que l'admirer pour ce qu'elle apporte d'instructif, pour ce qu'elle marque de progrès sur le style des prétendus traditionnalistes, car Rosny, logicien, ne pouvait pas ne pas être évolutionniste en littérature, et, si notre société est rendue meilleure par des réformes, pourquoi conserver un style-type choisi, on ne sait pourquoi, au XVIIIe siècle, sans accepter l'emploi de néologismes créés pour les sciences récemment acquises. Si l'Acropole fût devenue l'unique modèle d'architecture, ni l'art roman, ni l'art gothique n'eussent existé.

Rosny, sous un aspect analytique, écrit une langue de synthèse en ceci qu'il suscite, sans périphrases ni métaphores, un plus grand nombre d'images saisissantes — à l'aide de peu de mots spé-

ciaux — que n'en invoquent les filandreuses descriptions romantiques.

Faite d'harmonie, de charme, tour à tour tendre,
douce, quasi féminine, comme une parole d'a-
mour, et rude, énergique, presque violente, comme
une eau-forte cruelle, la forme de Rosny si mul-
tiple apparaîtra peut-être plus tard comme la seule
propre à exprimer notre époque de transition.

*
* *

Trop rapide, cette étude aura pu cependant
donner une idée de l'homme et de l'écrivain. Elle
risque aussi d'encourager la nouvelle génération à
lire une œuvre qui est, sans conteste, une des
plus admirables et des plus nobles parmi les œuvres
contemporaines. Il importe surtout que ce soit la
jeunesse qui puise dans ces livres l'énergie qui
permet de vivre avec espoir.

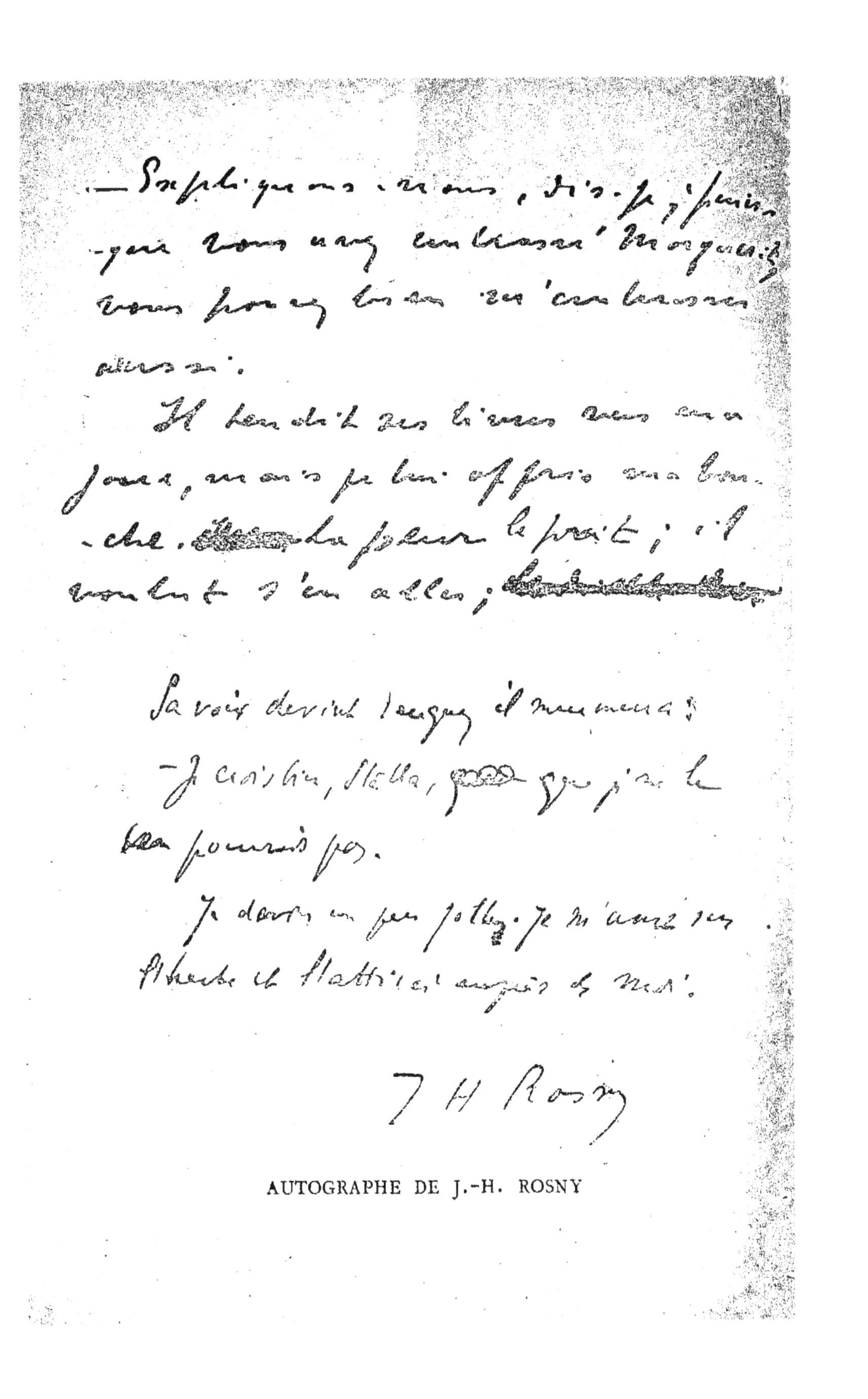

AUTOGRAPHE DE J.-H. ROSNY

OPINIONS

—

Les frères Rosny sont des créateurs, des initiateurs. Ils ont écrit, eux aussi, des histoires d'amour et d'aventure ; mais ils ne se sont pas enlizés dans cette ornière où s'attardent tant de conteurs. Ils inventèrent des « genres ». On leur doit le roman social. *Sous le Fardeau* fait partie de cette série. Avant Wells, ils usèrent du merveilleux scientifique, qui fournit d'amusantes et émouvantes conceptions. Dans le roman préhistorisque qu'ils ont créé, ils ne connaissent pas de rivaux. Mais je le répète, leur triomphe, c'est l'œuvre d'imagination où les questions sociales sont abordées. *Le Bilatéral* nous initia aux mœurs des collectivistes et des anarchistes. *L'Impérieuse Bonté* nous découvrait l'idéal philosophique et moral d'une société democratique, tel qu'il se dégage des premiers tâtonnements ; c'est une sorte de tolstoïsme « actif » et non « passif », dépouillé du mysticisme bouddhique qui adhère aux prêches de l'aristocrate devenu cordonnier, une théorie de l'altruisme résultant de l'évolutionnisme et du positivisme. Les frères Rosny sont les apôtres laïques d'un dévouement, que ne soutiennent ni les sanctions, ni les doctrines métaphysiques ; ils sont « socialistes » sans appartenir à aucune secte, dans le sens général et généreux du mot.

.... Ils envisagent une société chez qui l'idée religieuse n'est plus l'inéluctable mobile du destin. Et leur stoïcisme, dès lors, apparaît tendre et mélancolique. *Sous le Fardeau* réagit contre l'arrivisme et l'égoïsme, qui, aujourd'hui, s'appellent le « nietzchéisme ». Mot neuf pour une vieille chose. Mais il n'y aurait plus de société possible, si les forts ne travaillaient que pour eux, si l'intelligence, la santé, la vaillance, ne faisaient pas profiter de leur surplus les débiles, les malingres, les misérables, les obscurs. Charité, altruisme, solidarité, appelez cela comme vous voudrez. Voilà la pierre cubique de la civilisation, la raison d'être et l'aboutissement de la cité, de la patrie, de l'humanité, quand elles ont accepté les lois du groupe.

..... Noble livre, tout humide de la rosée des larmes acceptées, radieux du sourire de la tendresse durement gagnée, réconfortant par la leçon triomphante du devoir accompli jusqu'au bout.

Jules Bois (*Les Annales*).

Sous le Fardeau étonne le monde lettré, cependant blasé, jusqu'à présent, les Rosny accupaient une place glorieuse parmi les maîtres de notre temps. *Sous le Fardeau* les fait planer au-dessus de tous les fronts contemporains.

Il serait insensé de vouloir faire une autre chose que d'indiquer « l'univers » de questions, d'angoisses, de remarques, de recherches, remué dans ce merveilleux volume. Un volume de critique suffirait à peine à juger ce roman exceptionnellement concis et extraordinairement original, pittoresque à toutes les pages, artiste à toutes les lignes, illuminé à tous les chapitres de trouvailles *géniales*. Je n'exagère point. Devant un monument semblable, toutes les objections que l'on pouvait faire jusqu'alors au roman social tombent pour jamais. *Sous le Fardeau* est un chef-d'œuvre, l'un des plus incontestables de toute la littérature moderne.

Georges Normandy.

..... Je crois que je viens de lire un chef-d'œuvre. C'est mon impression énergique. Chef-d'œuvre, si la puissance de vision, la variété des épisodes, l'originalité du style, la grandeur de l'idée centrale suffisent à faire un chef-d'œuvre. *Sous le Fardeau*, de J.-H. Rosny, réunit ces hautes qualités. Et encore, à coup sûr, bien d'autres.

C'est un livre sur la douleur, toutes les formes de douleur qui sévissent à l'heure actuelle, assaillent l'homme moderne, l'homme social ; amour déçu, vocation manquée, misère, rachitisme physique, prostitution, maladies, injustices économiques, erreur judiciaire, accidents, inquiétude métaphysique. Toutes ces tortures s'incarnent en un couple, un individu, une famille, que nous voyons évoluer simultanément, au cours du livre, autour d'une haute figure, celle du médecin Claude Saint-Clair. L'unité du volume se fait dans la conscience de cet homme. C'est lui qui pèse ces destins manqués, qui entend ces râles timides et tire du tableau d'ensemble la conclusion mélancolique. Réflexions sur la douleur, sur le sens de la vie et du monde, tel est le fardeau véritable dont l'ombre assombrit le chemin de celui qui naquit altruiste. Et comme il est de cerveau pensant, délivré d'atavismes mystiques, strictement imbu des notions de la science la plus récente, il lui faut se forger pas à pas sa philosophie personnelle. Nul effort plus passionnant, nulle lutte plus héroïque. Nous avons ici le pendant de la promenade qu'il y a dix siècles fit le poète florentin parmi les souffrances humaines. Mais Dante était, lui, catholique. Et son poème de désolation s'achève en visions lumineuses. L'homme moderne, aux yeux des Rosny, marche dans la nuit sans étoile. Peu de livres sont plus lourds que le leur, malgré tels élans d'optimisme, plus lourds d'angoisse et de désespoir. Il faut le quitter, le reprendre. On se bat contre lui longuement.

..... L'idée, l'idée qui émerge, qui cimente et domine le tout ? Ah ! c'est pour elle, on le sent bien, que chaque page fut écrite, chaque personnage construit, chaque épisode rapporté, chaque dialogue fouillé par ces observateurs amers qui sont doublés d'un philosophe. L'idée, c'est que l'univers entier, et par conséquent notre monde, est livré aux forces aveugles d'une évolution infinie. Ni Dieu, ni sens caché, ni but. Des combinaisons incessantes, d'où la vie misérable et splendide, pour notre malheur, est sortie. Aventure tâtonnante et bornée, qui durera ce qu'elle pourra, pour aboutir au chaos final, et renaître en d'autres systèmes. C'est l'hypothèse naturaliste, en sa monstrueuse unité.

Les Rosny ne semblent pas se douter qu'il puisse en exister une autre. Au moins lui prêtent-ils, en poètes, toute la splendeur compatible avec ses sombres fictions. On est saisi, ébloui, frappé, même alors qu'on cherche une issue. C'est la marque, la marque évidente, des grandes œuvres de l'esprit. Et comme il faut une morale pour tenir la société debout, et que nulle morale, évidemment, ne découle de telles prémisses, les auteurs s'en tirent, ici, en faisant de l'instinct social une sorte de force stupide qui conduit à son but malgré eux ses dupes plus ou moins conscientes. C'est très clairement le point faible de cette construction magnifique.

J'ai, tant bien que mal, indiqué les raisons de mon enthousiasme, qui, vous le voyez, ne vient pas d'un accord parfait sur le fond. Qu'importe ? A certaines hauteurs, le sens de l'effort seul subsiste. Il arrive très rarement qu'on soit secoué de la sorte. Et je songe aux autres volumes qu'ont déjà signés les Rosny, à cette merveilleuse série qui va de *Nell Horn*, et *Daniel Valgraive* et du *Bilatéral* à l'*Impérieuse Bonté,* en passant

par la préhistoire : *Eyrimah* ou *Vamireh*. Je me demande quelles
sont les œuvres que puissent opposer des modernes à cette
chaîne formidable et compacte? Et je n'en vois pas, ou fort
peu. Et je m'étonne, en fin de compte, que la critique et le
public semblent à la fois ignorer que l'effort de Balzac, de
Zola se poursuit ainsi sous leurs yeux, chaotique, poignant
et génial — de la race qu'enfanta Prométhée...

Gabriel Trarieux.

..... MM. Rosny se donnent la peine et la joie d'écrire
de loin en loin un roman fortement conçu, longuement et
gravement médité où ils nous livrent le fond de leur
cœur et de leur pensée, leur sensibilité vraie et leur intime
philosophie. *Sous le Fardeau* nous semble de ces romans-là,
et par les grands problèmes d'humaine solidarité, et par les
hautes idées qu'il discute, par la façon dont il condamne
l'homme réfractaire, dissocié, animal aussi dangereux que
le fauve ou que le primitif, il vient continuer dignement
la noble série du *Bilatéral*, des *Ames perdues* et de l'*Impérieuse Bonté*.

. .... Seuls ils ont ce don de magnifier, en y mêlant on ne
sait quelle large poésie, les plus humbles réalités ; et ils le
doivent probablement à la vision particulière de la planète et de
l'humanité que leur ont suggérée les *Vamireh* et les *Eyrimah*.
Pour écrire ces curieux récits préhistoriques ils ont eu à se
représenter les tâtonnements de la nature, la première enfance des races. Et derrière les hommes d'à présent, ils en-
trevoient encore l'ancêtre, l'homme des cavernes et la grande
faune, ennemie ou parente de cet homme-là. En pleine civilisation, au coin des boulevards extérieurs ou de tel foyer
bourgeois, ils subodorent les survivants de la jungle ou de la
savane, les brutes lubriques ou carnassières, gorille ou

léopard, bandit nomade ou tyran domestique, un Jean Reynier ou un Armand Seilhac.....

Marcel Ballot (*le Figaro*).

La morale que Rosny rêvent de dresser définitivement en regard de toutes les religions serait, par excellence, la morale humaine. Ne lisons pas leur sous-titre : roman social, mais disons mieux : roman humain. Les Rosny ont trop étudié les premières animalités de l'homme, espèce victorieuse des autres espèces, pour que la philosophie non concluante (la plus sage de toutes) qu'ils en tirent soit noyée de brumes religieuses et de ce qu'ils avouent ne pas connaître exactement son début dans la matière, ils ne le tiennent pas pour une des faces de divinité ou un éclat passager de l'invisible. La loi mystérieuse qui leur paraît peser davantage sur la conscience de l'humain bien équilibré est celle de la protection que le fort croit devoir au faible, loi de bonté qui ne peut aller cependant jusqu'au sacrifice de la chair ou de l'esprit du protecteur sans attenter à la grande loi de conservation, la reprise partielle de la fortune universelle menant à l'anéantissement partiel du possible à accomplir pour chaque individualité. Il convient de faire de bonnes actions dans la mesure de ses deux bras, selon ses énergies, les ressources de son intelligence ou de sa santé, mais jamais en dehors de la permission qu'un être accorde à sa propre vitalité de s'oublier elle-même. Dès que le renoncement, la volupté du sacrifice, le sinistre besoin de s'immoler que nous ont légués presque tous les gardiens d'idoles intéressés aux effusions de sang, arrivent à dominer le normal besoin de protection inné dans toute nature humaine, normalement constituée, la conscience du protecteur s'obscurcit vis-à-vis du protégé, il remplace un être par un autre, plus simplement déplace une individualité, quelquefois sans aucun profit pour la masse des intelligences. Pour déterminer le passage du normal à l'anormal sacrifice, de l'idée du dévouement à l'idée d'abnégation, plusieurs gros volumes ne sufffisent pas. Il ne faudrait donc point reprocher aux Rosny l'ampleur de leur dernière œuvre et la longueur de certains exposés qui sont pourtant d'une si étonnante clarté de langue. Ils ont essayé de condenser dans une même atmosphère, que le souffle puissant du docteur Claude vivifie de sa chaleur communicative, les rayons épars de différentes petites âmes d'avance soumises aux pires dominations et ils les ont fait tomber dans le grand foyer de ce consolateur, pasteur de peuple, guérisseur de tous les maux. Mais Claude ne cesse pas d'être un homme. Il peine, il sue, il se plaint sous le fardeau librement accepté. Plein de mansuétude devant ces femmes apeurées par la douleur physique, toujours injustement méritée, de pitié pour les petites filles de toutes les catégories sociales victimes de leurs parents ou de leurs époux, il se raidit devant les basses obsessions de la famille mendiante, et il se sent presque coupable d'autoriser la vie chez ses proches qui n'en sont pas dignes. Médecin, c'est-à-dire confesseur, il découvre les plaies, met à nu les cerveaux et les cœurs, se penche sur des tortures qui lui renvoient l'image des siennes, le forcent à s'apitoyer sur ses propres misères. Le miracle est qu'il demeure bon, mais on est fatalement bon comme on est logiquement cruel. Entre le meurtrier de Marceline et le docteur Saint-Clair il n'y a guère de différences que de point de vue.

Chacun à sa manière cherche le mot de l'énigme, la plus grande somme d'absolu, chacun court après son bonheur. Ce qui rend la lecture de ce roman attachante, suprêmement entourante, c'est que la langue des Rosny puise aux sources claires de la vie primordiale, ses bruissements d'eau pure qui tantôt rugit au fond des gouffres, tantôt glisse toute azurée du ciel parmi les menues herbes. Ils ne sont ni parisiens, ni français, ils sont terrestres, quoique peu paradisants ! Ils ont surpris dans la souplesse des gestes animaux, dans le rythme des vents, dans on ne sait quels cillements d'étoiles des phrases décisives qui apportent avec elles un parfum de vérité. Leur force principale sera d'avoir emprunté le plus de nature possible pour représenter des conflits très sociaux et par conséquent très loin de la nature. Ce que Zola n'a pas fait et n'a jamais voulu faire, car il ignorait certainement ce qu'il y avait à faire, étant mal instruit de sa propre valeur, les Rosny le font avec les yeux ailleurs, beaucoup plus haut... Je n'aime pas toujours la féroce fantaisie de leurs nouvelles, où ils me font trop l'effet de chats brutaux, jouant avec le lecteur-souris, mais j'attends (nous sommes sans doute beaucoup qui attendons cela) j'attends leurs livres sociaux, dont le sous-titre me déplaît, comme la grande mise de fond à la réserve sociale de notre époque littéraire si vite épuisée. Presque écrasée moi-même sous le fardeau des livres inutiles qu'il faut lire, je me redresse, leur œuvre à la main, presque éblouie d'avoir lu et d'avoir cherché à comprendre. Le bon livre des Rosny, c'est le fleuve qui passe chargé de précieuses cargaisons, apportant des richesses, des curiosités, de hardies silhouettes d'aventuriers ou de sages figures de pilotes, balayant les déchets, submergeant les épaves, chassant les miasmes, et de m'être seulement assise sur le bord... je respire !

Rachilde (*Mercure de France*).

A moins d'être racornis par de basses préoccupations de métier, quelle joie de constater par ce livre d'hier, *Sous le Fardeau*, que ces écrivains dont on a suivi avec admiration l'effort et la croissance, dont certains livres rejoignent les plus illustres, ont trouvé le moyen de s'élever encore au-dessus d'eux-mêmes ! Gardant tous les mérites d'originalité, de respectueuse et discrète tendresse pour l'être humain, qui donnent tant d'intérêt à leurs livres d'autrefois, ils ajoutent à tout cela la richesse, la maîtrise, la puissance de résumé et de synthèse que seule donne une plus longue expérience de la vie et de l'art littéraire. Il y a dix romans dans ce roman. Et tous unissent logiquement leurs péripéties pour une signification harmonieuse. Si certains personnages prennent un peu plaisir çà et là à discuter les grandes idées qui passent, c'est qu'ils sont des théoriciens agiles à l'escrime des idées et des systèmes. Cette ardeur intellectuelle, qui peut sembler ralentir parfois la marche si preste et si dramatique du récit, y ajoute une rare noblesse intellectuelle.

Fardeau glorieux à porter pour ceux qui l'ont écrit, et bien émouvant, bien délicat pour ceux qui s'offrent le plaisir de sa lecture, Fardeau qui sera une des parures de notre époque littéraire et une des plus convaincantes ripostes à faire à tous les neurasthéniques, à tous les dyspeptiques, à tous les mélancoliques, à tous les fâcheux qui s'obstinant à chercher leur bonheur dans le passé, sont inconsolables — et si heureux au fond — de ne pas le trouver dans l'époque présente !

Soyons reconnaissants aux Rosny de nous fournir, par ce livre qu'il faut mettre sur le rayon des plus beaux livres, l'occasion de crier une fois de plus : « Vive notre temps ! »

Georges Lecomte (*Le Radical*).

Les frères J. H. Rosny sont des maîtres. Ils viennent de donner un roman (*Sous le Fardeau*) qui est tout un monde de pensées, de problèmes, d'angoisses, d'observations, enveloppé d'un style extraordinairement original, pittoresque, artiste, illuminé de trouvailles de génie. Je crois que devant un tel livre tombent les dernières objections qu'on pouvait encore adressser au roman social. Sa profondeur exclut le propagandisme. Sa valeur d'art exclut le didactisme ennuyeux et poncif. C'est un chef-d'œuvre du genre.

Les divers types sociaux créés par les Rosny correspondent

à un certain nombre de problèmes humains. En dehors de ceux-là, il y en a d'autres, une infinité d'autres. C'est ce qui permettra d'écrire d'autres beaux livres soulevant d'autres questions. Et ainsi l'horizon nouveau s'étale au très loin de la pensée qui, avec l'évolution perpétuelle de la vie, s'élargira constamment. Le roman social, c'est la rénovation de toute une littérature, c'est une aurore où s'éveille quelque chose d'immense, un remuement colossal de faits et d'idées.

......Presque toujours, les Rosny commencent par saisir les traits principaux du visage, puis l'extérieur, les tics (un peu suivant la méthode de Daudet le père) pour marquer ensuite, au burin, les lignes de l'âme, surtout de l'âme sociale. Voici Reynier, le plus bas représentant de l'espèce humaine, la brute, le parasite, celui qui vit de la pauvre Marceline et plus tard, tombé au vagabondage, l'assomme à coups de gourdin, car « ainsi périront des myriades de créatures inoffensives et douces pendant tous les siècles où des « *primitifs* persisteront parmi nous. » Voici Gilbert le charpentier, le bon ouvrier, victime un jour d'une police maladroite et brutale qui creuse un fossé entre son instinct de la justice et cette justice stupide sous l'œil de laquelle nous vivons constamment, sans recours contre ses erreurs quelquefois effrayantes. Voici le petit employé Chastelain, que la nécessité enclôt dans la prison de l'administration tatillonne et mesquine, et dont la sœur se jette dans le bourbier de la vie galante, poussée par l'horrible misère dont elle ne veut pas. Voici Tarade, « petit homme herculéen, bas sur pattes, une tête trouée comme un fromage de gruyère, des yeux câlins et aventureux, une mâchoire musculeuse, mal armée de dents friables, un grand nez vineux... » Saint-Clair aime Suzanne, la femme de ce raté qui s'épuisait en efforts violents et dispersés. Et cet amour forme une intrigue des plus originales et des plus savoureuses. Voici Tourzel, esprit illimité et inconstant, Javerne, dont la volonté excessive pèse

sur lui comme une carapace et que l'opiniâtreté mène à l'ins-
succès, bien d'autres encore, si fortement campés, si vivants
qu'on ne les oublie point, ce qui sauve ce roman énorme où
l'on ne se perd dans aucun sentier.

Mais il faut renoncer à l'analyse. De tels livres demande-
raient un livre de commentaires. Mieux vaut en conseiller
tout simplement la lecture attentive, lente, marquée par de
fécondes rêveries à chaque étape. Le succès en est très vif
dans le monde des lettres. Il le mérite. Dans la prolixe et
souvent insipide production moderne, il se dresse, géant,
utile au développement de la conscience humaine, digne des
deux écrivains de toute première valeur qui ont signé *le
Bilatéral* et ces étranges histoires des temps primitifs où pal-
pite la vie des origines du monde.

M. C. Poinsot (La Femme Nouvelle.)

C'est surtout dans les romans, qu'ils intitulent eux-mêmes
romans sociaux, que les frères-Rosny me paraissent avoir
atteint la plus haute sphère de leur superbe talent. Déjà *la
Charpente* et *l'Impérieuse Bonté* nous avaient secoués de ce
frisson que seules procurent les œuvres impérissables à qui
les peut goûter dans toute leur majesté ; mais voici *Sous le
Fardeau*, et devant ce livre tout s'efface ; et je sens mon im-
puissance à essayer même de l'analyser.

Dire que c'est un beau livre ne suffit point. C'est peut-être
le plus beau de tous les livres qui aient paru depuis un demi-
siècle. C'est le livre même de l'humanité, le livre de la pitié,
de la souffrance et de l'amour !

.....Les Rosny ont ce don de rendre attrayantes les questions les plus ardues. Ils nous émeuvent de tout ce qu'ils
sentent. Leurs personnages vivent de notre vie, et nous
souffrons de leur douleur. C'est cette qualité d'émotion
qui manque à Zola, peintre de tant de misères sociales: Zola,

n'est que peintre ; et certes il sait donner à sa palette les touches les plus vigoureuses. Mais l'âme de ses héros nous échappe trop souvent. Avec les Rosny c'est au contraire l'âme même des êtres qui s'impose à nous et nous sentons toutes leurs peines et nous communions à toutes leurs joies, parce que les auteurs eux-mêmes ont vibré de toutes les fibres de leurs nerfs, et saigné de tout le sang de leurs veines généreuses, en pensant et écrivant cette œuvre qui ne périra point.

Jehan d'Ivray (*Revue d'Egypte et d'Orient*).

BIBLIOGRAPHIE

LES ŒUVRES

Nell Horn, *roman de mœurs londoniennes*. Paris, A. Savine, 1886, in-16. (Nouv. édition, *Nell Horn*, Paris, Ollendorff, 1899, in-18. — **Le Bilatéral**, *roman de mœurs révolutionnaires parisiennes*. Paris, A. Savine, 1887, in-18. — **L'Immolation**, nouvelles, Paris, A. Savine, 1887, in-18. — **Les Xipéhuz**, roman. Paris, A. Savine, 1888, in-8º (Réimpression : *Les Xipéhuz*. Paris, Soc. du « Mercure de France », 1896, petit in-18. — **Marc Fane**, *roman de mœurs parisiennes*. Paris, A. Savine, 1888, in-18. — **Les Corneilles**, roman. Paris, A. Savine, 1888, in-18. — **Le Termite**, *roman de mœurs littéraires*. Paris, A. Savine, 1890, in-18. — **Daniel Valgraive**, roman. Paris, A. Lemerre, 1891, in-18. — **Vamireh**, roman des temps primitifs. Paris, E. Kolb, 1892, in-18. — **L'Impérieuse Bonté**, roman contemporain. Paris, Plon, 1894, in-18. — **L'Indomptée**, roman. Paris, L. Chailley, 1894, in-18. (Nouv. édition : *L'Indomptée*. Paris, Plon, 1897, in-18). — **Renouveau**, roman. Paris, Plon, 1894, in-18. — **Résurrection**, nouvelles, Paris, Plon, 1895, in-18. —

L'Autre Femme, roman. Paris, L. Chailley, 1895, in-18. (Nouv. éd. : *L'Autre Femme*. Paris, Plon, 1897, in-18). — **Les Origines**, roman. Illustr. de A. Calbet, Mittis et Picard. Paris, Borel, 1895, in-12. — **Un Double Amour**, roman. Paris, Chailley, 1896, in-18. (Nouv. édition : *Un Double Amour*, Paris, Plon, 1897, in-18). — **Elem d'Asie**, *idylle des temps primitifs*. Illust. de Mittis. Paris, Borel, 1896, in-32. — **Eyrimah**, roman. Paris, Chailley, 1896, in-18. (Nouv. édition : *Eyrimah*, Paris, Plon, 1897, in-18). — **Le Serment**, roman. Illustr. de Lucien Métivet. Paris, Ollendorff, 1896, in-16. — **Les Profondeurs de Kyamo**, roman. Paris, Plon, 1896, in-18. — **La Tentatrice**, roman. Illustr. de A. Calbet. Paris, Borel, 1897, in-32. — **Nomaï**, *amours lacustres*. Illustr. de A. Calbet et L. Marold. Paris, Borel, 1897, in-16. — **Nouvel Amour**, roman. Illustr. de L. Marold. Paris, Borel, 1897, in-32. — **La Promesse**, pièce en trois tableaux. (Représentée pour la première fois à Paris, sur le théâtre national de l'Odéon, le 1er février 1897). Paris, P. V. Stock, 1897, in-18. — **Une Rupture**, roman. Paris, Plon, 1897, in-18. — **Un Autre Monde**, nouvelles. Paris, Plon, 1898, in-18. — **Les Retours du Cœur**, roman illustré de 56 grav. d'après Vogel. Paris, Hachette, 1898, in-18. — **La Silencieuse**, roman. Illustr. de E. Vulliemin. Paris, Borel, 1898, in-32. — **L'Aiguille d'or**, roman. Paris, A. Colin, 1899, in-18. — **Les Ames perdues**, roman. Paris, Fasquelle, 1899, in-18. — **La Fauve** (*mœurs de théâtre*), roman. Paris, Édit. de « la Revue Blanche », 1899, in-18. — **Le Roman d'un Cycliste**, roman. Paris, Plon, 1899, in-18. — **La Charpente**, roman. Paris, édit. de « la Revue Blanche », 1900, in-18. — **Le Chemin d'Amour**. Paris, Ollendorff, 1901, in-18. — **Une Reine**, *roman contemporain*. Paris, Plon, 1901, in-18. — **Thérèse Degaudy**, *roman de mœurs mondaines*. Paris, Édit. de « la Revue

Blanche », 1901, in-18. — **Les Deux Femmes**, roman. Paris, Ollendorf, 1902, in-18. — **La Guerre Anglo-Boër**. Paris, Édit. de « la Revue Blanche », 1902, in-18. — **L'Héritage**, roman. Paris, F. Juven, 1902, in-18. — **L'Epave**, nouvelles. Paris, Plon, 1903, in-18. — **Le Crime du Docteur**, roman. Paris, E. Fasquelle, 1903, in-18. — **Les Fiançailles d'Yvonne**, 4 hors texte de Paul Steck et 40 compositions de Carruchet. Paris, Joannin, 1903, in-16. — **Le Docteur Haramburg**, roman. Paris, Plon, 1904, in-18. — **La Luciole**, roman. Paris, Ollendorff, 1904, in-18. — **La Fugitive**, nouvelles. Paris, A. Fontemoing, 1904, in-16. — **Le Millionnaire**. Paris, Joanin, 1905, in-18. — **Sous le Fardeau**. Paris, Plon, 1906, in-18. — **Bérénice de Judée**. Illustr. de Léonce de Joncières, grav. à l'eau-forte de Bussière, Massard, Pennequin et Thévenin. Paris, Romagnol, 1906, in-8º (350 ex. numérotés). — **Contre le sort**, roman féministe. Paris, Louis Michaud, 1907, in-18, couv. illustrée de Dédina.

TRADUCTIONS

Le Scarabée d'or, d'Edgard Poe, trad. de J.-H. Rosny. Illustr. de Mittis. Paris, E. Dentu, 1892, in-32. — **Le Porteur de Sachet**, de Natesa Sastri, trad. de J.-H. Rosny. Illustr. de Gambard et L. Marold. Paris, E. Dentu, 1892, in-32. — **Printemps parfumé**, roman coréen, trad. de J.-H. Rosny. Illustr. de L. Marold et Mittis. Paris, E. Dentu, 1892, in-32 (1). — **Tabubu**, roman égyptien. Adaptation de J.-H. Rosny. Illustr. de L. Marold et Mittis. Paris,

(1) Voyez : *Duftende Vaar, Koreansk, Roman efter J.-H. Rosny franske Oversættelse ved Peter Nansen*. Kopenhague, 1895, in-32. (*Le Printemps odorant*,.... trad. par P. Nansen sur la trad. française de J.-H. Rosny).

E. Dentu, 1894, in-32. — **Pablo de Segovie el gran tacano**, de Francisco de Quevedo, traduit par J.-H. Rosny, illustré de 120 dessins par Daniel Vierge, reprod. par l'héliogravure avec retouche des cuivres par l'artiste. Etude sur Daniel Vierge, par Roger Marx. Paris, G. Petit, 1902, gr. in-4°. — **Le Crime de Gramercy Park**, roman de A.-K Greene, trad. de l'anglais par J.-H. Rosny. Paris, Tallandier, 1907, in-18.

OUVRAGES PUBLIÉS SOUS LA SIGNATURE: ENACRYOS (ROSNY, AINÉ).

La Flûte de Pan. Illustr. de A. Calbet, L. Marold et Mittis. Paris, Borel, 1897, in-18. — **Amour Etrusque**. Illustr. de A. Calbet. Paris, Borel, 1898, in-16. — **Les Femmes de Setnê**. Illustrations de C.-H. Dufau, gravées sur bois par G. Lemoine. Paris, Ollendorff, 1903, in-16, couv. illustrée.

PRÉFACES

Fernand Bertaux : *La Belle Picarde*. (Lettre-préface). Paris, Lechevalier, 1898, in-18. — **Henryk Sienkiewicz** : *Les Chevaliers teutoniques*, roman héroïque. Trad. du Cte Wodzincki et de B. Kosakiewicz. (Préface). Paris, E. Fasquelle, 1905, in-12, etc.

PÉRIODIQUES

MM. J.-H. Rosny ont collaboré à de nombreuses publications, dont voici la liste succincte : *Revue Moderniste* (1885). — *Revue Moderne* (1887-1891). — *Revue Indépendante* (1888-1892). — *Harpers Magazine* (1888-1890). — *La Justice* (1889-

1892). — *Figaro* (1889-1894). — *La Revue Illustrée* (1889). — *Figaro Illustré* (1889-1895). — *Le Temps* (1889-1904). — *Nouvelle Revue* (1890-1906). — *Revue Bleue* (1890-1896). — *Cosmopolis* (1891-1895). — *Gil Blas* (1891-1896). — *Mode pratique* (1892-1896). — *Revue Hebdomadaire* (1893-1907). *Revue de Paris* (1894-1898). — *Echo de Paris* (1895-1903). — *Grand Journal* (1896). — *Le Journal* (1896-1907). — *Le Gaulois* (1896-1898). — *La Grande Revue* (1897-1903). — *La Contemporaine* (1901-1902). — *La Renaissance latine* (1902-1904). — *L'Auto* (1902-1905). — *Fémina* (1902-1906). — *La Revue* (1903-1907). — *Les Arts de la Vie* (1904). — *Petite République* (1904-1905). — *L'Illustration* (1904-1906). — *Paris Illustré* (1904). — *La Vie Heureuse* (1907). — *Je sais tout* (1907). — *Messidor* (1907), etc.

A CONSULTER

Autres collaborations : *Le Supplément.* — *Le Roman romanesque.* — *Supplément du Petit Journal.* — *Supplément du Petit Parisien.* — *Supplément de l'Echo de Paris.* — *Supplément du Soleil.* — *Conteur populaire.* — *Mon Dimanche.* — *Selecta.* — *Nos Loisirs*, etc., etc., etc.....

A consulter : Anonyme : *Rosny (Joseph-Henry)* Notice. Grande Encyclopédie, t. XXVIII. — **François Coppée** : *Mon Franc Parler*, 4ᵉ série. *(A propos de Romans).* Paris, A. Lemerre, 1896, in-18. — **Gaston Deschamps :** *La Vie et les Livres*, 3ᵉ série. Paris, A. Colin, 1896, in-18. — **Ernest-Charles** : *La Littérature d'aujourd'hui.* Paris, Perrin, 1902, in-18. — **Anatole France :** *La Vie littéraire*, 3ᵉ série Paris, Calmann-Lévy, 1891, in-18. — **Jules Huret** : *Enquête sur l'Evolution littéraire.* Paris, Fasquelle, 1894, in-18. — **Ernest La Jeunesse :** *Les nuits, les ennuis et les âmes de nos plus notoires contemporains.* Paris,

Perrin, 1896, in-18. — **Bernard Lazare** : *Figures contemporaines.* Paris, Perrin, 1895, in-18. — **Marius-Ary Leblond** : La *Société française sous la troisième république, d'après les romanciers contemporains.* Paris, F. Alcan, 1905, in-8º : *La Revue, la Grande France.* — **Georges Le Cardonnel et Charles Vellay** : *La littérature contemporaine. Opinions* des écrivains de ce temps. Paris, Soc. du Mercure de France, 1905, in-18. — **Georges Pellissier** : *Nouveaux Essais de Littérature contemporaine,* Paris, Soc. française d'imprimerie et de librairie, 1895, in-18 ; *Le Roman* (Histoire de la langue et de la littér. françaises des origines à 1900, publié sous la direction de L. Petit de Julleville, t. VIII). Paris, Colin, 1899, in-8º. — **M.-C. Poinsot** : *J.-H. Rosny.* La Grande Revue, 1 et 16 mars 1907. — **Georges Rodenbach** : *L'Elite.* Paris, E. Fasquelle, 1899, in-18. — **Jean de Tinan** : *Un Canevas,* « Mercure de France », septembre 1895. — **Vernon Lee** : *Les Rosny et le roman analytique en France.* Revue des Revues, 1897, pp. 144-151. Etc., etc.

AD. B.

TABLE DES MATIÈRES

VANNES

IMPRIMERIE LAFOLYE FRÈRES

www.ingramcontent.com/pod-product-compliance
Ingram Content Group UK Ltd.
Pitfield, Milton Keynes, MK11 3LW, UK
UKHW020034100726
13658UKWH00003B/1308

9 782329 006543